与时间战

冯 硕 著

黄河出版传媒集团

阳 光 出 版 社

图书在版编目（CIP）数据

与时间战 / 冯硕著. -- 银川：阳光出版社，
2021.3
　　ISBN 978-7-5525-5793-0

　　Ⅰ. ①与… Ⅱ. ①冯… Ⅲ. ①诗集－中国－当代
Ⅳ. ①I227

中国版本图书馆CIP数据核字(2021)第041526号

与时间战

冯硕　著

责任编辑　徐文佳
封面设计　西　子
责任印制　岳建宁

黄河出版传媒集团
阳 光 出 版 社　出版发行

出 版 人　薛文斌
地　　址　宁夏银川市北京东路139号出版大厦（750001）
网　　址　http://www.ygchbs.com
网上书店　http://shop129132959.taobao.com
电子信箱　yangguangchubanshe@163.com
邮购电话　0951-5047283
经　　销　全国新华书店
印刷装订　天津兴湘印务有限公司
印刷委托书号　（宁）0020131

开　　本　880 mm×1230 mm　1/32
印　　张　6
字　　数　130千字
版　　次　2021年6月第1版
印　　次　2021年6月第1次印刷
书　　号　ISBN 978-7-5525-5793-0
定　　价　42.00元

序言

诗海行舟 与时间战

◎陈昂

《与时间战》是冯硕这本诗集的名字，也是冯硕代表作的名字。这是个有吸引力的名字，它引导着我翻开了这本诗集。

"我们与时间，是天生的宿敌，是永远的宿敌……"诗集收录的第一首诗歌便是这首《与时间战》，这首诗歌给了我很强的震撼力，也顿时让我感觉手里的这部书稿有些嚼头。

我热爱光与自由，所以我读诗歌的时候，总会情不自禁地去捕捉光，各色各样的光。也许，我捕捉到的光，不同于我诗句里的光，但只要是光，就总会把黑夜照亮。我所理解的诗歌里的光，是一种能够震撼人心的力量。

我时常思考，一首诗到底能给读者带来什么。是一串串的文字？还是一餐美食？抑或是一件美丽的外衣？诚然，这些都不是。诗歌是种看似无用，实则却很重要的存在。诗歌是灵魂的熏陶，是精神的洗礼。诗歌无用，但读后仿佛感觉身边的空气更加清新；诗歌无用，但读后仿佛感觉眼前的阳光更加明媚。

我们之所以能不断地从生活中发现诗歌，是因为我们拥有诗歌一样的心情。以诗歌的心情去看待整个世界，整个世界都笼罩在诗歌之中。科学，需要科学家不断地钻研、探索。诗学，也同样需要诗人不断地观察、体悟。好的诗歌从来都不是诗人闭门造车的产物，而是认真打量和观察这个世界的收获。

冯硕，和我是同龄人——90后，他习惯称呼我为学长。他喜欢诗歌，喜欢写，也喜欢读。他的诗歌和他这个人一样，干净、明亮。他的诗歌整体风格是质朴醇厚的，捎带着一些隐约，正是这种捎带着的隐约让他的诗歌呈现出半透明的态势，多了些不经意的情丝，也多了些不易品觉的诗歌味道。

这或许是诗人和诗歌的美丽邂逅，抑或许是诗歌对大千世界的深邃体悟。

新时代必有新诗潮。好的诗歌既要服务于当代，又要彰耀于后世。于当下，它是追求美好生活的号角；于未来，它是品味人生、致敬生活的窗口。90后诗人的写作，既要着眼于当代，又要展望未来，在时光的夹缝里，雕琢诗歌，当歌则歌。

　　冯硕的诗歌基本上是忠于这种认知的。他的诗歌作品里，既有对当下境况的速描与记录，也有对未来的想象与质问。读他的诗歌，你会时不时地读到一两句极具吸引力的句子。关于这些诗句，与其说是他思想翻腾时碰撞而生的火花，不如说是诗神对这个虔诚信徒的精心点拨。冯硕的诗歌是有力量的，跟随着这个力量在诗海徜徉，不用过多的深究、考量，只要轻松、自在地把灵魂交给诗神，任凭这个自然力的牵引，无论何时、何地，都会带给我们美好的感受。

　　"没有人能做永不沾地的飞鸟，也没有飞鸟能做到从不掉落一根羽毛。"

　　"黎明前的破晓，你不必说。黑夜之后的黑，我也不说。"

　　诗歌是冯硕生命的一部分。因为诗歌，他富有诗意；因为诗歌，他更加通透。在诗意的生活里，冯硕数着诗歌给予的浪花，捕捉着诗歌给予的感动与启迪。在他塞满妙语善言的口袋里闪烁着诗句，这些诗句一方面接受着生活和时光的打磨，一方面翘首等待着寻找它的读者出现。诚然，这需要时间，只是我们希望这个时间不要太远。

2019 年 4 月 23 日写于美国北卡罗来纳州

（陈昂，1992 年生，当代诗人，青年学者，有"诗歌王子"的美誉。2015 年因诗歌《漫天飞雪的日子》一举成名。2016 年受聘中国红十字基金会形象大使。2017 年在中央电视台综合频道科技挑战类节目《机智过人》中代表人类与机器人比赛作诗。2018 年登福布斯中国"30 位 30 岁以下精英榜"。著有《漫天飞雪的日子》《漏网大鱼》等。陈昂先后以中国诗人的身份出访美国、英国、日本、阿拉伯等国家和地区，为中国诗歌的传播和发展做出了重要贡献。）

目　录

哂然一笑 我自做我

两年前某夜，我于文学的美梦中醒来，一片黑暗，风扇在呼呼哈哈地转，额头都是汗，鼻子还是不通气，感冒还在。天黑从昨晚开始提前，夜变得漫长了，秋天早到了，只是夏天的尾巴还在……就像我，早过了做梦的年龄，可梦的尾巴还在……

　　下床，抽了支烟，喝了一大杯水，上床，继续睡觉。明天还是明天，一切如旧。不过梦还是要有的，至少还能让我在深夜有安慰，而不是因其他痛哭。

与时间战

如果有一种速度能追上时间
那一定是死亡
如果有一种事物能逃过时间
那一定是坟墓

我们与时间
是天生的宿敌，是永远的宿敌
死去不代表着败北，活着更不意味着胜利
重要的，决定性的
是死亡之后的战斗
坟墓是战袍，墓碑是武器
而决定我们能否胜利的
正是我们活着时的所作所为

我与文学

笔是转动的地球
稿纸是太阳系
书是一个巨大的星域
然后便是无穷无尽的宇宙
文学就是在这浩瀚中
无欲无求的泼墨挥毫

那文学中的我呢
我想我是蒲公英
被风肆意地吹洒
哪里都是天涯都是我家
我想我是一粒沙
被尘随意地埋下
看潮起潮落
我想我是一棵草
被水无意地冲刷
长在土里
看着天上的彩霞

我是自己的自己

我的肩上是风
风上是闪烁的星群
星群上是未来的未来

我的脚下是路
路下是厚重的泥土
泥土下是过去的过去

我的心中是梦
梦中是耀眼的光明
光明中是自己的自己

说己

我本是懒散货浪荡人
何来情深似海说心真
我本是庸俗物凡间身
向来自嗨自乐度己心

黄钟大吕震不醒
山川大流载不动

以炽阳为灯塔
以单笔为船篙
去踏过那赤浪黄昏
去越过那璀璨星辰

独坐

在比白天还明朗的夜里
我坐在地球旁边
用一个词语垂钓一颗星星
用一首诗填满银河
而那些关于日子的秘密
都藏在猎户座的箭匣里
静静地等待着那一击的必然

快零点了

快零点了
今天，我生命中最年轻的一天
要过去了

我想着
还好，以后的日子
每天都是我生命中最年轻的一天

我想着
还好，从前的日子
每天都是我生命中最真实的一天

雨滴 （一）

它从天空散落
由上而下击打
顺着伞檐流洒

滴到车窗上
就成了花
绽放着芳华

晶莹剔透的水珠啊
没有一丝浑杂
我的心何时能如此……

我猜
它是亚当和夏娃的眼泪
造物主把它随手抛下……

雨滴（二）

我看着它在空中盘旋
落地时便化作流水潺潺

我看着它在枝头点点
翠树绿叶全都被洗净清颜

我看着它停留在栏杆
不忍轻抚去寒

我看不见的，它在云间
凝华，用了多大气力
把云都打散
固执地落下地面

哪怕只是一天
就会被太阳蒸干

我想，它最快意时
就是在落下的途中
俯视这世界的那一眼
那一眼，仿佛要把这世界望穿

如今的夏天

空调的冷风吹着
厚重的帘幕挡着
身体到底是凉爽
还是寒冷
扯开窗帘的那一刻
眼睛被刺疼了

如今的夏天
只有太阳高高挂着

到处的机器轰鸣着
高楼大厦早已漫过天空
水泥和黄沙搅和着
钢筋也不甘寂寞
走在柏油路上的那一刻
什么都看不到了

如今的夏天
鸟儿都不见了

如今的我们
忘了生命本应火热
只剩下
对生活的焦灼

在钱塘江

鸬鹚在水边小心翼翼
等候随潮而来的江鱼
无数的木船趁着夜色聚集
互相讲述一路漂泊的心酸

江水中的孤独开始涨起
相看，无言
岸上是各怀心事的人间
灯火通明，都和我们无关

成长

最开始的时候
我们没有形状

时间地点的改变
是一个动态的大机器
人物经历的增添
是一个固定的大模板

在齿轮不停地滚动下
于是，我们都一样了……

孤

我在一片过往云烟中
看不清来处
望不见归途

一个人
孤零零
孤零零地踱步

花费一生

我从未见过风
我从未经历岁月
风中只有风经过
岁月里只有岁月经过

即便如此，我仍前往
比如花费一生离开地球
然后灵魂抵达月亮
中间步履不停，像一粒光

黄昏

鸟儿衔来点点新泥
铺在路上
枝丫串起缕缕阳光
织起行囊
黄昏的儿子
朝阳开始起航

无数的星星匍匐在天空
把身躯掩藏
一切都在这一刻被拽入夕阳
沉入遗忘
黑夜已不足为惧
明日终是明日的新王

日子

小时候，无所事事
在云下，跟着风到处跑
时间就是那个永远也爬不到身边的蜗牛

长大后，无处无事
在人群，走不出世事牢
时间就是紧紧追在身后长了脚的妖怪

正如年轻不是我们努力的奖赏
年老也不是我们过错的惩罚
只是日月轮回，四季更迭
回不去年少，只记得
黄昏下，追风的日子最美好

写给自己

七兆星星中的一颗
七十亿人中的一个
不要在黑夜里沉醉
不必在月光下忏悔

融入黑夜
与月亮携手
行走其中
对影三人

不用期待光的到来
要去慢慢成为一束光

前方

一颗流星有它来去的方向
我有我的来处和归途

在赤裸的日历上，有着
我所有未完成的行动和梦想

迷途漫漫
终有一归

这世界只有世界

在生活和梦想的交叉点
流离，奔走

对于明日
他张望，他惶恐
对于今日
他纠结，他踌躇

无数个他在体内冲撞
如闹市中的推搡

良久，他发出一声叹息：
这世界只有世界
于是他继续向前，前往
所有的未知和已知

诗文由心　毁誉随它

意义从来都不是去寻找的，而是我们跟着自己的心去做想做去坚持所想，便有了意义。所以，我们不是要去寻找，而是要去创造属于我们自己的独特而又真实的意义。

　　愿我们：尽兴有所奔，尽力有所为，尽心有所得。

诗人的独白

我撑开双手
把黑夜撕裂
星河逆流而来

我张嘴吞下星光与月
吐出一片火焰斑斓
点燃了北方家乡深埋的生铁
照亮了南方江湖路上的台阶
星星在我嘴里蹦跳
月亮照亮我的胸怀
我眼中有宇宙在生与灭
光与热　酒和血
都在我的骨血里更迭

在一个词语的鼓励下
举起以诗为名的剑，出鞘，向前
相隔万里，也能到达那片天

真实与虚假

我所梦
我所想
都不是真实

我所在
我所做
才是真实

我所见
我所闻
都不是虚假

我所写
我所念
才是虚假

写给诗人

倘若没有双手
你也不会不写
倘若没有双眼
你也不会不看
倘若没有双足
你也不会不向前

倘若没有你
那石木怎成王座
倘若没有你
那草环怎成王冠

你手中纸笔可比山川
你眼里日月星辰万变
你脚下长路直通天边
你心中黑白光暗无限

你以星火取暖
以月辉为棉

一盏青灯
一人一船
望不尽的天涯路
写不完的真诗篇

你独自路过这人间
不管世界对你冷眼相看

致敬海子

当他走到山海关
当他卧上铁轨
他是疯狂的
更是清醒的

当火车轰隆隆而来
碾压过他的身躯
他是痛苦的
更是安宁的

当书页散落
当石沙扬起
一个肉体死去了
一个灵魂欢愉了

当滚滚的车轮携着他的血肉
走遍大江南北
他的灵魂
也就深入了每一寸土壤

他的诗
他的梦
他的春暖花开
永不凋谢

陨石

陨石从天而降
在云丛中摩擦，碰撞，燃烧
火越烧越旺

地上的人们祈祷，彷徨
又羡慕它如炽阳
嫉妒它的明亮

砰，一声巨响
它重重砸进土壤
号角声响起，在远方

长夜从十方漫来
再没有碰撞，没有火光

越过无尽宇宙的一颗火种
却在这黑夜里被随处丢弃
一个牧羊人经过这里
把它拿去，放在茅坑里当垫脚石

黑夜啊，你淹没了我的诗歌，我的太阳
陨石啊，你败给了黑夜，败给了牧羊人

你不属于这世界
你踏过星辰大海
只为了那眨眼间迸发的热与火，光与亮

我在这世界里
却向星宇中生长
还给我诗歌与太阳

如果黎明不曾醒来
如果黑夜不曾睡去
我情愿在洁白的冬天死亡

白雪是我的衣裳
更填满了我的胸膛
白天是我的梦想

死后化成白雪罢
在黑夜里闪着光
在喜马拉雅山顶徜徉

关于读诗

诗句躲在阳光里
阳光躲在我的书里
我翻开一页
诗句就携着金色和炽热翻腾涌来

我慵乏的脸庞清爽了
我萎靡的心房重振了
我混浊的眼睛明亮了
我平凡的日子发光了

金色的瀑布里
我和文字追逐跳跃
后方的海洋里
我和诗人畅谈心怀

光明是一切的起源
太阳是光明的王冠
诗歌是王冠的珍珠
文字是诗歌的权杖

当我头戴王冠手持权杖走来
清晨弯下了腰
晌午刚抬起脚
黄昏离我还有千里迢迢

动态的夜晚

被世俗闷声打了一拳
心上布满了褶皱

夜里，那只蚂蚁还在爬往月亮的路上
拥有话语权的蝉鸣，压低了夏夜的门槛
也使得池塘里鱼虾龙蟹横行
在这动态的夜晚里
我对星空沉默，也对自己沉默

多年的游子归乡

有一种渴望
是多年的游子归乡
有一种绝望
是多年的游子归乡

不是衣锦还乡，不是荣归故里
只是多年的游子归乡

那天，村头的两个石台，像两个凶猛的野兽
那天，那棵儿时的槐树，也伸出干裂的手掌
游子只能撕开上衣，袒露胸膛
大呼：我只是归乡，我只是渴望

天地不可见

蚁望土堆为山
跨过见丘为巨峰

迈丘见山河以为全
而后自以是见天地

天地无穷尽不可见
一处更比一处高远

看不到星月的夜

暗夜里的天空好孤独
没有星星在旁
月亮也隐去

可在我们看不到的
高空星宇之上
星星还是在的
依旧闪烁发亮
月亮借着太阳
散发着银色的光芒

或许今天是天空的吉日
所以今夜星月最美的妆
是只给天空看的

有些我们眼中的孤独
只是自以为是罢了

时间

我最想得到的它啊
偏偏不让我真实地拥有
我多少次想抓住她
却总被她无情地甩下

她似水
在钟表指针转动中溜走
她如沙
在手掌指间缝隙中撒落

我和她咫尺天涯
毕竟我只是她的过客
她和我天涯咫尺
可她却是我的一生

我只能在这深夜里
静静地再静静地看着她
看着她瞬息间的无尽芳华
看着她不变中的千变万化

伟大的、永恒的，是她
可恶的、即逝的，也是她
我们被呵护，在她温暖的怀抱里
成长，容颜焕发
我们被摧残，在她锋利的爪牙下
衰老，死后埋下

她向来一言不发
如一幅亘古长存的画
而我们都在其中
挣扎……

三原色

很多声音，我们不知道真假
黑暗中的巨兽与染缸
伸出了爪牙，搅拌着夜色
这些无关紧要，但唯一存在的真实
是花朵被折后的哭喊

我们的生活是一道泼满污水的彩霞
再鲜艳也有腥臭在其中混杂
我们的生命是一朵坠入砚池的白云
再乌黑也有纯洁在其中发芽

长江黄河流淌万年
滚滚波涛，无尽泥沙
至今横亘在大地之上，太阳之下
它们之所以能流淌万年
不是因为磅礴的力量
是因为它们从不把每一朵浪花抽打
也从不把每一种声音埋下

狗生

一条狗

吃饭奔波

走走停停

看人间风景

品世态酸辣

直到双眼失明

心变蒙

然后就成了人精

火车上的我们

火车上的我们
疲惫，拥挤
像罐头里的沙丁鱼
从出场地往畅销地或从畅销地返回
被夜色吞吃
又从朝阳里吐出
屡屡次次，比比皆是
从鲜活饱满到骨肉尽消

正如塞林格所说
成长是人必经的溃烂

寻找

我从万卷书里寻找
我从万里路上寻找
但我在寻找什么
但我能找到什么

北京的街道太喧嚣
方块格里的人头
文学馆路的车流
挤破了那一杯麦芽啤的泡泡

泡里的海子
酒里的北岛
是否在发笑

路景瑟瑟　君欲何往

每个日子纵然不会重复，但又数不胜数地再现。酷夏快要过掉一半，太阳愈晒愈烈，月亮却带来离愁和缺憾。在往事止不住流失的同时，时间蚊虫叮咬起了一个个名为成长的包。睡眼惺忪的秒针懒得在表盘上旋动，可清醒的秒针却又爆转。一日长如年又短如烟，一切无止无终。

　　每条路上、每个阶段的每个人都有各自各样的迷茫、障碍和苦痛。

看云碎语

我曾以为自己是天上云
虽然偶尔有雨打
后来发现自己是地上尘
虽然偶尔有风吹

我知这世界如露水般短暂

流云断夕阳
一晃一明一尺间
心绪何以堪

人事皆攘攘
时光默然转瞬即逝
徒然起波澜

我知这世界如露水般短暂

年轻与喧嚣

夜晚还很年轻
城市依旧喧嚣

我当然喜欢年轻
只是越来越不喜欢喧嚣

途中

自己把自己
从一座城市搬运到另一座城市
吴头楚尾，铁轨经年
一年之计，一年之初，年复一年
不是火车载着我们前行
而是时间怀着恶（善）意
总把我们从过去推离

起伏

度过了一天又一天
一天的一半在天边
一半在人间

赤着脚踱步
脚掌的一半在沙滩
一半在海面

裸着的心，在深海
漂浮，下沉，升起
升起，下沉，漂浮

漂泊

我们被时间这根鞭子
不停地抽打
不知何时始
不知何时终

未来不再遥不可及
它已和现在重叠

如今身前身后
了无痕迹
是打磨成锋
还是生锈化灰

你不知道
我不知道
风却知道
可它从不言语

用一根长钉，钉住月亮

拿来酿酒，大口饮

一口一口饮下月光

也一口一口咽下故乡

用一根长绳，捆住年月

拿来做纸，大笔写

一张一张写下日期

也一张一张画出希望

忆那年今日

且炖了旧时光
煮了涩青春
用两三支香烟雾为引
以三四两月夜色为料
拿三千烦恼丝点火
久熬
成一锅孟婆汤
留待自己尝

念念不忘

烟头从地下往二楼回升
到我指间
火星聚集在一起
最后一口烟回到嘴里

在遥远处
我看到十五六岁的你

在车站（一）

流动的城市
飘游的列车
隐晃的夜空
向南向北的你我

在车站（二）

把七月的旅程拆开
那里是一片分离
他们，我们，人们
朝一个方向挥手
说再见，留步

想象中的那朵云划过我的脸颊
吸收此时作为人所有的矛盾本性
变得愈发沉且深
却再不敢也再不愿下坠

在车站（三）

一个人
在陌生的城市
陌生的车站
坐在站前的石台上

点一根烟
听一首轻音乐
看着熙熙攘攘的人群

享受孤独
享受自我

夜色如水凉凉
心怀热血骄阳

夏日

天气如何
还是好闷热
听说家乡大雨滂沱
你又在哪里漂泊
还是一样的执着

杂念

他说
在失落的夜色里
一阵风吹过
一点灯火坠落
必将又点燃无数灯火

医院记（组诗）

一

时间流动的声
在剖蚀，这逼仄的空间

立秋日，凉风白露寒蝉
这是书上的说法
而他们，药水、针管、化疗
和无边际的恐惧
不知何时是看这世界的最后一眼

是病痛，使他们仓皇地从故乡出逃
使他们来到这里，自处逼仄
还是病痛，让药水味漫过了故乡
从胸膛溢出的思念到达不了三尺外的窗

二

药水瓶罐撞击，打破平静
白色是这里的主流色彩
父亲化疗过后
病态得精神抖擞
他说不知还要死去多少细胞
不知道最后是哪一个胜利

筹到的红张，愈来愈少
伴随他接连掉落的头发
他说他的信心不会动摇

零落的心情在病床上聚拢
夜晚，月光从窗缝漏进来
洒满了希望

三

头发早已掉光
皱纹如裂缝蔓延在干涸的脸上
谁敢相信这是十几岁的少年郎

我看不清他的眼神
正如我看不清这病房里的每一扇窗

当护士温柔地拔出沾血的针头后
他拿起笔记本看他的柯南，沉默不语
他的父亲看着他，也沉默不语
他看着他的父亲，沉默不语
我的父亲看着我，也沉默不语

四

我听到一个男人在哭泣嘶吼
我把家里的存款用完了
我把借来的钱也用完了
医院现在催着缴费
我能怎么办，我只能让他出院
"等死"两个字是不敢说出口的

五

生活真正的邻居，是苦难
头顶上的天空，堆满了石头
无形的力推搡着我们
稍不留意就会有硕大的石块砸到头上

精神的血流不止，肉体的溃烂不停

要昂起头
用身体上最高的一片平原
去接纳砸向我们的石块
用它垒起一座座雄伟的大山和丰碑

未知未来　水阔山长

生活本来就是悲喜同俱。在失望和希望，豪迈和颓废之间不停转换。波浪线似的升降曲折是必然又尽然的。

我终于明白，我也终于放开。我的前方无人领路也无人等待，我的曾经早不如挂怀。管你改不改，江湖一直都在。不要去等待未来，而要亲手改变现在。

后来，我们和这个世界很熟了。

生活帖

没有人能做永不沾地的飞鸟
也没有飞鸟能做到从不掉落一根羽毛

黎明前的破晓，你不必说
黑夜之后的黑，我也不说

深夜观月

在月亮的归宿
那片虚无的海边
没有风，没有云，没有蝴蝶
只有一个低头沉默的少年
在深夜，在月亮将沉未沉的瞬间
他一把将它拥入怀中
嘴唇和零下一百八十度接触
月亮，重新焕发皎白
那是一颗心的温度
少年的灵魂开始灼烧，火星乱颤四处迸溅
一颗又一颗的星在海的另一边亮起

水中人生

于水中看见人间灯火
于人间灯火中看见花木
想来其中一枝一朵是我
涟漪之时灯火花枝皆灭
阵阵起伏明暗如是这般
幻里幻外不过是一场人生
终究还是要归于一把火

矛盾

有时
风在脚下
人在云旁
星月皆在眼前

同时
身前险峰
身后悬崖
身上尽是锁链

看戏人终成戏中人

人生如戏

我们都在看戏
我看你
你看他
他看其他

我们也都在戏中
我成了你
你成了他
他成了其他

看戏人终成戏中人

来去

我从黑暗中来
要到黑暗中去
中间的一段旅程
映衬着世间的苍凉

把昨日遗忘
把明日收藏
把今日许给太阳
我的一生离不开光

黑夜下前行的绵羊群

黑夜下的绵羊群，全是黑色的
你在前头，我在后头
星星在头上，山峰在脚下
黑夜把一切笼罩
低头，前行
一路上没有青草

牧羊人挥舞皮鞭
抽打夜空
星星是眼泪
是永远掉落不下来的眼泪

牧羊人挥舞皮鞭
抽打羊群
层层的皮毛
掉落在黑夜里
不是雪，不是盐
坠落在大地上

当第二天清晨
羊群赶到了目的地
满天的白云
在阳光下闪耀
而那坠落在大地上的
成了一条条河流向东奔跑

立冬夜

南方的雨季到来
潮湿不间断
去年裹着风在路灯下呢喃的他
面对镜子，细细数着胡茬

他曾把心意交给星、交给月
看不到星月
他就对雨和路灯慷慨
我记得他撑着一把伞
就走在雨夜
我记得他路过一盏灯
就吟起李白

三百六十五天，三百六十五个他
压塌了三百六十五个夜
他太狭窄，狭窄到以为
山海可期，岁月可待

他奋力登阶，磕磕绊绊

直至明白
山是看不见的
海是想不出的

他漫无目的，也无去处
立冬了
他只能用几本诗集
紧紧地裹住自己的身躯、骨头和灵魂

今日阳光独好

我看见久违的阳光爬满整座城
我看见道路两旁的树在空中拥抱
我看见滨湖的湖水在欢呼雀跃
我看见诗墙里的垂柳在低头深思
我看见在这座城里的自己
这座城也就在我的身体里
而这一切
都在我的文字里

吐石

前方永远是遥不可攀的高峰
滚滚大石向我袭来
每一次都重重地砸进我的胸口
一块块堆积在我的心里

慢慢走，坚忍爬
终有一天
我要把所有堵在我心口的巨石
全都倾倒出来，垒起一座大山，盖起一座殿堂

我不要做河流里的天神
我要做大海里的龙
天空上的雄鹰
大地上的喜马拉雅
成为大西洋底的亚特兰蒂斯
深埋万年
还让人间念念不忘

给挚友

在各自的奔赴途中
遇到相似又契合的星辰
组合，排列
在最耀眼的年华里
有我们，于是
也就有了无数个最耀眼的夜晚

我曾认识很多人
接着又遗忘掉
也会即将认识很多人
然后又即将遗忘
但今天的月亮为证
你们不在此列
你们就在那里
不用提起，不用刻意
一直就在那里

冬日

我不要去抵御寒冷
而是让它把我裹紧

身体的温度传给毛衣再到外围
这个季节是由内到外的季节

冬日是一只白色巨鸟
掠过每个人的躯壳

老到掩脸是黄昏

人生就像一场旅行
有的人走得近
有的人走得远
我想远行
直到
老到掩脸是黄昏

新年絮语

曾经的遇见和经历加在一起
不过是三根情丝四两愁绪五种不甘
最多六支香烟七杯淡酒八方游荡
伴着一把异乡的月光同时揉碎
在这个时刻，一股脑倾倒在同一片夜色里

宇宙是个装满星星和太阳的漂流瓶
而你和我，都是星星上的小王子
在无限大的小地方里
回忆且追寻着独属我们的玫瑰和狐狸
无论失去的，离开的，还是未到的……

我还有

我还有一万个梦没有做
我还有一万条河没有过
我还有一万座山没有翻
我还有一万个自己没有见

象牙岁月　点滴绵长

笑容也好，怒容也罢；忧郁也好，洒脱也罢；闪闪发光也好，碌碌无为也罢，要成为喜怒哀乐都能很好表达的人。

从夏天到夏天的距离，不过一支烟的长度罢了。

他乡求学

我从北来
也从南往

把流云揉心中
拿青天填胸怀

白天黑夜
在我眼睁眼闭间点点明灭

春夏秋冬
在我脚抬脚落间寸寸漫开

从北到南

纸上的墨迹还未干
南北的火车还没连

北边是家山
南边是大学
很静，我听到了时间滴答滴答
很缓，从北向南从那端到这端

夜里，一阵风拾起落叶
灯下，一棵草欢快摇摆

我路过一轮落日
是今天的句号
我路过一场秋雨
是今年的省略号

我等待着北国的漫天冬雪
我等待着南国的处处晴天

夜游抱石公园

城中塔，城中湖
塔旁石，湖中影
石前树，影上人
树挂灯，人念经

城在外面的喧嚣里
我在城里的静默中

夜被分成了好几块
一块掉进水里
被鱼儿争食
一块坠入灯里
给了飞蛾更大勇气
一块落在我手上
被研磨成了最干净纯正的墨迹

我的心意也分成了好几块
在城里，在灯下
在水中的倒影里
在蟋蟀的叫声里
在这方天地里
在等待被风吹起

周六

清晨上了一列无声无息的火车
以时间为燃料
晌午沉浸在毁坏闹钟分秒的区间
没有滴答滴答
黄昏，是被放了鸽子的恋人
当然会离你远去

深夜绊倒在星星织就的网里
月亮，作为一支箭
刺穿了黑夜的胸膛
同样刺进了我的眼
我的心倒在了血泊之中
被那辆载着清晨的火车压碾
因为它睡在了它的轨道前

浪漫主义

波涛从大海上涌起
裹携着星辰向宇宙漂流

鱼虾龙蟹全都冒出头来
各自起舞，相继奔走
礁石在水里摇摆
大海倒了过来

海鸥驱散乌云
水手打败暴风雨
蒸汽船在太平洋航行
浪漫主义在英德出生

鼓斯和布莱克驾上马车
嗒嗒地飞奔在云彩之上
华兹华斯和柯勒律治
紧随其后，把云彩拉下了人间
雨果《欧那尼》里的强盗
点燃了浪漫主义的干柴

烈焰如刀
割断了古典主义的喉咙

湖畔和恶魔
在不停地争骂中
都成了浪漫一代
拜伦，雪莱，普希金，海涅
驱着绵羊群般的辞藻
在大地上流淌，激流勇荡

忧郁感伤是你们的必备餐
消极失望是你们的创作源
落日是你们的情歌
晚霞是你们的美酒

自由与枷锁同在

大二

六月到九月，大一到大二
其实不过一支烟的长度
从点燃到熄灭，些许火星还在地上
就已成了学长

九月过后日落匆忙
秋意已慢慢透过
绿树将成一片红霞
还有几多时光

大三

所有的阳光都值得珍惜
所有的时间都值得快意
所有的未来都值得等待
所有的经历都值得铭记

识霜认雪，眼底南国
倏忽两载，都做了梦

九月

从一座山穿越另一座山
从一个九月走到另一个九月
攫取诗意灵感
雕刻生活纹理

零零散散的文字、石块
被倔强地渐渐筑起
琐琐碎碎的日子、理念
被认真地缓缓定格

他日九月来访
我心一片安详

昨夜桥头

在明媚的白昼里
清醒的我
梦见了昨夜桥头
真实的两个月亮

泰戈尔的距离

一个巨大的风车横亘在旷野上

风车那边是我的女王
坐在永恒的宝座上

我用尽力气往前
却被风车吹到天上
空空的天上
一无所有的天上

然后我又如炮弹般掉下来
重重地砸进土里

我起来
我再往前
冲进风车里
高速旋转的风轮
把我绞碎

我扑通扑通的心脏
化成丝絮
被吹散
落到深深的尘埃里

而我的女王
还在对面的宝座上

我相信
它们还会长出无数个我
继续义无反顾地
向风车
向对面冲去

因为我的女王
就在对面的宝座上

就在对面的宝座上

高架桥

两旁的栅栏是它的铠甲
中间的泥面是它的脸颊
不管经过多少车轮碾压多少脚步
它仍用月牙般的身体去迎接风吹雨打

凌空架起的不是钢筋混凝土
是连接着一山一水的渡口
是连接着一家一户的驾鸳
更是连接着一个巨人腾飞的脉压

高速路在它身下蜿蜒
川流不息的车辆轰鸣而下
连绵山峰被它砍成两半
让我们更好地出行、回家

夜里
昏黄的路灯亮起
映照着
它那不变的沧桑与挺拔

在学校的深秋

在学校的深秋
徘徊，迷惘

不要怀疑
不要着急
秋里也有春的气息
雨里也有晴的模样

要有继续的勇气
要看见那抹绿意
要去那浪中奋起

期末

一支好笔
今晚，熬夜走起

以八斤课本为底料
掺上一盒墨
佐以两双蒙眬睡眼

用歌声慢熬
临阵，到天明

南国的风

大自然天生的精怪
使万物摇摆，作为四季的节拍

昨夜在它的怀抱里逝去
今天在它的抚摸下亮起

疲倦的大地，接受它的洗礼
慵懒的天空，接受它的调皮

它即将到来
又很快远去
一场场游荡
一场场欢喜

给你的诗

我所有沉睡的光阴
都去往你的眉梢
我所有醒着的梦
都淌进你的眼眸
星光垂落
万物生发

而我这一生要在太阳底下看太阳
在月亮底下看月亮
在你身边看你

备伞

这里常常下雨
所以要常常备伞

心上也是

修补自己

年龄这个不合格的建筑师
曾经不停地瞎指挥
导致成长这个窟窿不断扩大
所幸没有真正垮塌

于是我这两三年
不停地尽力修补
不停地重新建构
至如今是，以后亦是

临近毕业

不再去想天上的事
也不再去想水里的事
单是这陆地上的分离
单是这夏天时的云彩
单是你们
已够我回忆半生

想起年少 关于流浪

无数次启程

也就无数次飘零

流浪诗人的心意

我去过很多地方
我的脚上沾满了
黄土、黑土、红土
连带着一些不知名的种子
在我的脚跟上发芽
长到我的身体里

我还要去很多地方
去收集种子收集梦

等到我老去之后
就长成一棵巨大的树
树干是鲜红色的
里面装满了斑斓的岁月
外面刻满了那些忘掉的忘不掉的名字

在一个春天
我长出绿油油的叶
开出五彩缤纷的花

给在树枝上停留的鸟儿
给在树旁经过的狐狸
讲述那些故事那些梦

在一个夏天
我结出一颗颗饱满的果实
松鼠来我身上摘果备冬
夜莺来我身上放声歌唱

在一个秋天
我的枝叶随风飘散
它们或远行或落地
我变得光秃秃的
我托松鼠带着我的果核
去南方把它再次栽种
我托夜莺带着我的木屑
去北方把它扬洒

在一个冬天
我披上了厚厚的白棉
月儿来到我的枝头
偷听
那对在我身下打洞过冬的熊夫妻的悄悄话

每个人有每个人的流浪

每个人有每个人的流浪
每颗心有每颗心的彷徨
夕阳挂在天边
红霞会出现在谁的脸上

我敬天地一杯酒
天地就变了模样

风醉了携着酒香飘荡
抢了白云私奔去远方
朝阳醉了红成了夕阳
跌在了扶桑树的胸膛

走过，看过，路过
这世界茫茫

我给自己一杯酒
天地在酒杯里摇摇晃晃
诗歌在酒杯里闪闪发光
谁与我共饮这一杯荡气回肠

秦淮河

秦淮河的夜
夜的秦淮河

水在夜里
夜在水上

外滩

从 W 酒店的诗歌之夜溜出来
寻找更像诗歌的夜晚

这里的夏天依旧
夜风拂面，灯火像河流
我花了很长时间看两旁的建筑
也在夜的热浪中想你

在天安门

我的双脚站在这里
从地面传来一股振动
传入了我的每一寸骨肉和每一滴血液里
连带着我的心
都鼓起来了
都热起来了
都汹涌澎湃起来了
这种振动
是龙的脉息
是有着五千年历史的中国的脉息

长江的流浪

你从唐古拉山脉走下，朝向人间进发
你和冰雪高原告别，冲向火热的大地
太平洋不是你要的归宿，你要的是在大地上奔跑、流淌
万年的太阳，万年的月亮，都映照着你的沧桑和挺拔

遗址连着遗址，都市连着都市
这并不矛盾，更不是笑话
从旧石器时代到建起三峡大坝
从河姆渡的草屋到城中的水电迸发
中华儿女在你身旁打火耕种，发芽成长，越发茁壮
在你的两边，是历史和现代，是过去和未来
你在中间奔跑，奔跑在祖国的大地上
用血液用灵魂，浇灌了国，浇灌了城，浇灌了家！

你是存在于过去，现在，未来的江
你是存在于家，城，国的江
你从历史中蜿蜒而来，从岁月里滚滚而下
你的名字，和这个时代一般大！

爱情流浪

白天和黑夜
永不会相见
更不会相爱
这是世界上最大的谎言

它们时时相见
看那不停移动的晨昏线
那是它们携手
游遍了世界上的河山

从春分到秋分
从夏至到冬至
从地球自转起的几十亿年
它们就恩爱这般

昼长夜短
夜长昼短
不过是它们的你情我侬

依偎情深

它们也会常常闹脾气
就是那极昼和极夜
它们各自躲在南北极
但总会有谁又去把谁找回

黑夜独赏着白天的夺目
白天独爱着黑夜的深沉
它们的世界里只有彼此
岁岁年年生生世世从未改变

登武功山（组诗）

一

石阶一级一级的向后
夜色一点一点地变深
晚霞使天空害羞
夜色中便多了一抹绯红

月出时
洒下一地银色的光芒
山路中出现了一条光河
那是萤火虫们的善意指引

在昏暗的栈道上
闪烁着一朵朵光
有谁大吼了一声
有谁又应答着谁

"山顶的，还有多久！
山顶的，听到吼一声"
"快了，快了，你加油"
隔着几座峰，几条栈道
互不相识的登山者们
嬉笑着，呐喊着

高处已雾漫
风起如刀镰
月还在山的那端
山顶还在山里面

二

各色帐篷相连
处处微光相映

在这金顶上
云变成了水
在月下流淌
月变成了灯
把山顶照亮

星星们醒来了
把身子藏在夜空

露出眼睛，眨的倍闪
你昂首望去
恰巧，它的目光
也停在了你的脸上……

三

一道红光初现
大片黑云来袭

两条海豚般的云儿
用力撕扯着幕布
一匹马儿嘶鸣着奔腾着
上空出现了一对翅膀

黑云开始翻滚
一根细细的血刺
扎破黑幕
露出了一丝红光

黑幕像泄了气的球
再也挡不住光线的突刺
千万光涌出
黑幕破裂，不复存在

而太阳，血红血红的朝阳出来了
像一个战士荣归故里

四

反正山高水长
我还有一生不羁和浪荡

仰望星空
与世争锋
面朝太阳
我就是王

反正山高水长
我还有一生潇洒好嚣张

云之南（组诗）

一

去大理的车上
掠过两边的梯田
丘陵，房屋
陌生又悦目

入古城的夜
品洋人街的酒
活色生香
人民路的青年摊贩和乐队
文艺气息扑面而来

登上苍山顶
从雪峰上看下去
连绵不断的古城
缀着一块琥珀似的洱海

那是眼睛的欢
更是心灵的愉

蝴蝶泉的蝴蝶
原来并不神秘
洱海月的月
并未如约
但我已来
便定要去尝尝
大理的风花雪月

二

租了辆越野自行车
去环游洱海
阳光下，田野旁
小路上，一人一车
山水茫茫

洱海岸旁
吹着云之南的风
抚摸那清澈水波
用脚和洱海嬉闹

蓝色的水面上

鱼鹰遨跃
海鸥飞翔

三

狂欢夜那晚
所有人
全都穿上薄雨衣
带上雪花喷雾
在路上，在街上，在整个古城
互相喷，互相笑，互相闹
不用认识不用说话
只要用这雪花来喷洒
来表达这欢乐这喜悦

那是我经历最疯的狂
最放肆的爽
古城的狂欢夜
不狂不欢，不欢不狂

四

到了洱海公园
近旁的洱海深蓝

路旁的樱花烂漫
躺在山腰的亭子里
与肆无忌惮的风儿对话
与山顶巨石摔打
天的蓝在树草之间
小憩，心安……

到动物园
那只棕熊在睡觉
那只雄孔雀没有展屏
猴山的老幼在嬉闹夺食

游乐场小吃店的
那碗凉皮
辣得我鼻尖冒汗
却又让我凉爽心欢

哦，对了
轻轻告诉你
我是个男孩
还有点可爱

五

到了临沧

这座边境上的小城
去吃泰国餐
那是一个美妙的小店
叫相约小筑
有花有茶有书有美食

我点了牛肉烩饭
一个超大碗
一周汤围着一团米饭
牛肉在汤里漂浮

漫步城间
在街巷里穿梭
在玉龙湖游荡
在亭台楼阁里流连

那儿的天空
是我见过最美的蓝
云朵如画般
阳光也斑斓

时光短暂，渐晚

抬头望天
云朵依旧绚丽

阳光依然温热静暖
岁月不老，时光安然
风华不逝，天见犹怜

六

夜晚不如白昼来的暖
城景凉凉月光软
在这城中夜流浪

在这陌生的夜
在这陌生的城
在这霓虹闪烁的玉龙湖畔
走了一遍又一遍
有桥，有流水潺潺

七

阳光热，云朵飘
我绕这城市跑了跑
把每条道都走到逍遥

在陌生的街角
看不同的世态

思考，再思考

最后到了旗山脚
登石梯
在山顶俯视
这座临沧城
山山相连，万云笼罩

我即将离去

不是结束，才刚开始
人生苦乐，世上悲欢

历史气息弥漫的濉溪（组诗）

一

老城的青板石上
春雨在潺潺的流淌
流进了错落的巷陌
流进了前街后坊

七十二步上天梯
曾让你我的汗水流淌
三山夹一井的水
曾让我们尽尝爽甘

那把大壶的油茶
有着一层岁月的留香
那街上的块块青石
有着一层历史在徜徉

二

怡心茶楼的大灶咕咚咚地冒着水汽
吹散了冬的寒息
老板抓一把棒棒茶扔进茶炉
浓郁的茶香飘起
丝缕阳光顺着木缝洒进昏暗的老屋
这里仿佛是那隔世的镜间

一个又一个的老客来访
用五毛钱点上一杯茶
再燃起那长长的烟斗
品一口茶，抽一口烟
或打牌或聊天或沉思
这便是生活中最安宁的模样

在烟气茶香的氤氲中
时间变得缓慢而黏滞
茶馆与鸟笼
一方天地里其乐无穷
薄雾还笼罩着长街
却挡不住老茶馆里浓浓的幸福味道

三

从巨镇到如今的柳孜
从运河之城到运河遗址
经历了多少天凉

那时通济渠横穿你的胸膛
如血液般给你力量
运漕商旅往来不绝

嵇康在这里成长
恒伊在这里歌唱
宋代码头与大批瓷器无声地宣示着
你曾经的繁华
八艘古代唐朝沉船无声地诉说着
你曾经的荣光

如今，秋风里
你从历史中归来
填补了中国运河史考古的空白

我们会将你留下
为你增砖添瓦
重铸一方

四

老城古镇是我们的家乡
运河故里是我们的家蕴
中原粮仓是我们的骄傲
口子酒酿是我们的永香

这是一片从岁月中积淀而成的土地
这是一座从历史中蜿蜒而来的古城

它从历史中走来，向未来前往
在炽热的夏阳下蓬勃发展
谁也挡不住它的如火热情
在这岁月里，越发茁壮，越发向上

饮罢春风　唱尽飞花

山长水远，遮住行路人东望眼
恨旧愁新，有心无言说西楼深

七月如风应知我，知我此刻
未尽疏狂，却又疏狂
踏遍山河故乡

秋怨 （一）

秋风惹落叶，
闲愁撩心扉。
萧瑟经年里，
人老怨得谁。

秋怨（二）

秋字上心头，
举笔都是愁。
瑟瑟荒年景，
怎不使人忧。

复读（一）

淮北天，三更雨，不道落寞心自冷。
一声声，打我心，隔个窗儿滴到明。
寻好梦，梦难成，况谁知我此时情。
人世事，几完缺，樊笼枷夜身更冰。

复读（二）

　　天寒极，心灰冷，秋雨晦暗。无言横对轩窗，年少如此迷茫。

　　夜绵长，身愈凉，风雪茌苒。凝噎蜷卧在床，青春怎奈忧伤？

鹧鸪天·十九岁生日

十九流年断人肠，寒风吹雪转身凉。
午夜梦醒心事重，明年今日会怎样？
岁月岁，黄昏黄，终别年少过轻狂。
萧瑟冬夜月光冷，人生路上悲欢长。

满江红·丙申年淮北

丙申淮北，早零下，寒风凛冽。
在天一，晨起伴月，晚息星灭。
长山路桥风雪长，夜夜骑车逆寒月。
须努力，过了四五月，高考罄。

濉河上，故亭孤，相山里，昔人离。
叹昨日迷烟，觉今而非。
莽莽红尘需一搏，末路坎坷怎挡我？
待六月，斩碎旧樊笼，化蝶飞！

夜游学校天骄湖

秋冬人渐少，
树下灯愈缈。
湖清影映宵，
自在出笼鸟。

雨中夜跑

夜临雨才歇，
水中灯欲跃。
樊笼已不在，
心亦与旧别。

夜读

风翻书一页，
月度向家山。
树寂没人语，
星下绕栏杆。

浮夸

浮夸非我愿，
奈何心向远。
我本一庸人，
自然俗意煽。

记二十岁生日

前局尽翻，
人事皆散。
飘零双十，
牢骚歌懒。

记二十一岁生日

青木年华，
悠悠牧之。
聚散浮沉，
缓缓行之。

文院植树节活动

薄雾阴云后山间，
微风细雨不觉寒。
此日文院共植树，
后人且看茂林山。

周末骑车游

难得周末又晴天，
一人独游山水间。
脚踏随风如添翼，
心似天高海阔宽。

四月校园

光洒镜湖敛清影，
波映锦鲤泳于空。
草盛花绽云舒卷，
柳飘桃开风暖浓。
楼后蔷薇已繁锦，
人前桫椤亦郁葱。
馥香缕缕沁心怀，
年少策马弄春风。

三月雷雨

南雨连绵阴且寒，
自是心凉更难安。
象牙塔中光阴渐，
一载流年不堪言。
此夜雨雷似闪焰，
声声入耳把心颤。
人生路上悲欢长，
几人能做自在仙。

听名家讲座后

执笔向苍天，
吞吐日月山。
文人当自负，
笑傲寰宇间。

入京路上感怀

一朝文成天下识，
路上风霜几人知。
长风短雨催新泪，
不敢懈怠说旧词。

满江红·跨年夜

吾家在皖北，丙申年来赣求学。因路途甚远，元旦佳节不得归乡，二十游子于异乡跨年有感而作。

丙申将逝，悲欢离，都成往昔。
大学始，皖赣千里，风尘不辞。
昨日云烟都成词，二十春秋又一次。
在异乡，今宵身舍酒，心盼归。

燃孔明，若繁星。亮霓虹，耀天际。
看红尘你我，岁月不止。
谁人知我那情真，浪迹天涯不羁心！
跨年夜，丁酉此间来，战人世！

忆江南·夜游孔目江

　　人生路，无处不他乡。无喜无悲天地客，孤身孤影饮寒凉。擒月伴秋江。

丁酉年十月初一

寒风吹眉皱，琐事惹心疲。
问君何时回？不敢定归期。
问君欲何往？瑟瑟荒年里。
问君几度欢？不能饮一杯。

《轨迹》感怀

繁花未落春风还，
玉树蓬勃夏日来。
江南好景引人醉，
经年旧曲入心怀。
红尘滚滚多少梦，
过往怏怏几度哀。
天地悠悠人不久，
一生无悔莫徘徊。

写悟空

五百年来伴山草。铁水铜汁，不改道！
西天路远不说劳。八十一难，竟是套！
仙佛原是真正妖。命运难握，终知晓！

当年一怒踏凌霄。无惧所有，真逍遥！
如今成佛却受教。不得真我，苦苦熬！
水帘福洞才是好。奈何不再，剩牢骚！

临江仙·开学路上

谁把清夜颜色，染成灯火阑珊。哪盏与我能同眠？与窗相映影，催我再向南。

想卧星宇小憩，醒时把月追赶。耳际听风细呢喃："君言何日老，浮世且清欢。"

赠文斌

年来渐觉世艰辛，
毕竟青春逝九分。
梧桐行将零落去，
秋风代我送离人。
此去羊城作蜡炬，
愿君桃李不输春。
妖都距我三千里，
情义仍存两边心。

鹧鸪天·金陵夏日

七月金陵日色浑，夏阳落洒影纷纷。
流火欲断蝉声脆，六代风骚何处寻？
从世事，知天真。曾经艰辛怎算勤。
一来一去笙歌远，别过当时幼稚心。

自嘲歌（一）

庸俗且癫狂，闲散也如阳。

猥琐却心朗，无为亦刚强。

山水语苍苍，未来话茫茫。

说要走四方，怎怕身寒凉。

一人又何妨，管它愁满肠。

天不容浊物，下来历一场。

自嘲歌（二）

红尘事乱杂，哪个心灵轻？
事事奔波利，人人争逐名。
念千秋岁月，思前贤遗风。
看世间芸芸，难解此时情。
我本亦污泥，不求浊能清。
庸俗是吾道，桀骜亦余形。
最爱无别事，书墨伴我行。
潇洒一小子，自在人透明。

跋：十年踪迹十年心

十年前我正值初一，没什么忧愁，也没什么想法。只是偶尔做个稚嫩的文学梦。在龙华中学每天午自习吃着棒棒糖，看着对面的濉溪一中，写着不知所谓的文字。晚自习看课外书、写日记。对老师苦口婆心的教导，左耳进右耳出。每天和同学嘻嘻哈哈，打打闹闹。

七年前我初三，从没想过那个似乎可以顶天立地的男人也会生病，竟然会得了癌症。直到中考结束那天，小叔带着我去医院我才知道。暑假父亲去蚌埠肿瘤医院住院治疗，我也跟着去了。那一栋二十多层的住院部大楼的病人全部是身患绝症之人。他病房的病友一个是比我年龄还小的孩子，一个是七八十岁的老教师。我每晚铺个凉席睡在大厅，白天去病房守着他。

在那里我见到太多，听到太多，也想了很多，生与死，软弱与坚强，残忍与温柔。那里是距离死亡最近的地方，真正的悲欢离合以及最艰难的选择，随时都在发生。也因此我后来以在那里的经历和见闻为背景写了一组诗《医院记》。

所幸父亲的乐观与坚强战胜了病魔，坚持了下来。后来虽仍需常常检查、吃药，但已经基本稳定。

四年前我上高三，从未想过在一起两年多的两个人会分离，所以那时我跳过楼，但未遂。现在想来真是愧对，愧对自己，也愧对身边所有人。那时的爱恋，总是说不清道不明的。也算轰轰烈烈，现实加魔幻，就不再赘述了。只能说每个人都有一个不曾遥想的未来，只是谁也不是当初的那个少年。

之后几个月精气神几乎全没了，我一个人去了云南飘零许久。再后来近半年没去学校，把自己独自锁在家之外的地方三个月。六月高考失利，又复读一年，也未竟全功。也是从复读时我开始写一些并不能算真正的格律诗、近体诗的古风诗词句。虽然之前也是常常写东西，但多是日记、流水账或是自娱自乐的杂文。所以那时也算是我的诗歌初发阶段了。那时的我每天处于一种压抑的状态。我在家、学校、辅导班之间来回奔波，常常是凌晨到家，清晨离开，周而复始。所以有些心情憋着无人可诉，便写了下来。

那是我最颓废最灰暗的日子，但终究是走了出来。这也得益于我复读时遇到的尹梅老师，当身边人多数认为我彻底堕落了时，她却安慰我，并一直想尽力帮我解开心结，还对我不务正业，偷偷看些不相干的文学书籍、写些浅薄诗句的举动表示理解和一定程度的支持。

三年前我刚大一，我从未想过后来的日子里我能到中国现代文学馆的主席台上作代表发言，能参加一些国内大型文学活动，所写诗歌能发表并获奖多次，更从未想过能入选中国共青团团中央中国大学生自强之星，荣登中国出版集团发布的"中国90后作家排行榜"。

不知从何时起，我有了一些头衔和些许荣誉。当然这些是身外之物，不值一提。但不可否认的是：它们证明了我这一路走来的努力和向上。至于其中的磕磕绊绊和跟跄前行，不足道也。前一秒即是过去，重要的是现在和未来。世界无限大，走得越远登得越高见得越多，就越会发现自己的渺小与无知。人要保持一颗真正的谦卑敬畏之心，勇往直前。

求学时，我从北方跑到了南方，选了自己喜欢的师范专业。只因为固执的想走远些。当时在网上查了好久，后来查到新余学院环境很好，图书馆很大。基于这两个原因，使我当年填报志愿时只报了一个学校一个专业。关于一直以来的选择，真的要感谢我的父母，从小到大，无论什么事都由着我自己做决定。他们觉得不对不合适会提意见或反驳，但只要是我确定了的他们就会全力支持我。

在大学的日子里，是我真正开始有所成长且有所进步的阶段。从好好玩、好好混，到好好学习、好好生活，从不自知、不自制，到自知、自制、自我反思，我把曾经有些不堪的自己重新建构了起来。

学着自己喜欢的专业，读着自己想读的书，去了很多自己想去的地方，也做着自己想做的事。当然其中也有迷茫，有失落，更有一根烟接着一根烟的愁绪。但终究在这个阶段我寻到了真实的自我，并且向着更好的自己前行着。

这里也要感谢新余学院以及文学院的很多老师，一直以来在各方面对我的鼓励和支持。

说起来，虽然我学的是师范专业，文学方面的课程很多，但关于写诗我还有点算是野路子，只是偶有灵感、偶有心绪便写一首。这本诗集里收录的诗多数就是这么来的。不求多少人喜欢或认可，只求自己心生愉悦，解乏心疲。虽然可能还是有些稚嫩，但也是发乎我本心的文字。

十六岁时的日记本扉页上写着我当年立下的三个志愿：第一个是当历史老师，第二个是当作家，第三个是能到处旅游。很庆幸，如今的我还算是走在少年时想要走的路上。

每一次和世界真正的相遇都足以让我们改变看待它以及看待自己的角度，继而重新思考。我觉得无论是读书，还是写作，最终的境界都是一个在前人的思想体系下结合自己的所处所在所思所想后形成的一套自己独有的体系，然后随着时间的推移再修修补补的过程。在生活中行走亦是如此。

对于某一阶段的决定、过程、经历、结果和带来的后果我都不会后悔不会遗憾，都能够坦然承担，这就够了。能尽最大努力做到尽心尽力尽兴就好。

荣枯随缘，遇合尽兴；修心意，做真人，就是我现在的生活态度。

罗曼·罗兰曾写道："世上只有一种真正的英雄主义，那就是认清生活的本质后依然热爱生活。"曾经在宿舍天天喊着："都是假象，都是人生。"的确，不管如意或者不如意，不管再多坎坷再多假象，都是真实的人生。所以在这个时代苦闷是不可取的。须尽心尽力，须尽兴尽欢。

我曾努力挣扎，才走到今天。那接下来，当然是要开始新的挣扎和折腾，不然还有什么意思？

冯硕

2019 年 4 月